DINNER FOR ONE

Freddie Frinton, Miss Sophie und der 90. Geburtstag

Illustriert mit
sechs Zeichnungen von
B. Ronstein und sechs
Szenen-Fotos

Edition Nautilus

Edition Nautilus Verlag Lutz Schulenburg
Am Brink 10 · D-21029 Hamburg
Originalveröffentlichung

1. Auflage 1985 · ISBN 3-89401-268-4
Printed in Germany
8 9 10 11 12 · 03 02 01 00 99 98

Zum Geleit

Mein Gott, schreiben Sie doch mal ein Vorwort zu einer Satire, deren Inhalt nur aus einem Furz aus einem Variété-Theater besteht!
Wenn man diese Geschichte mit Ernst angehen will, bitte: Es begann in Blackpool. Peter Frankenfeld und ich waren für eine neue Sendereihe des NDR-Fernsehens mit dem Titel »Guten Abend, Peter Frankenfeld!« nach Blackpool gereist, denn dort gab es – wie nirgendwo anders auf der Welt – Variété-Theater zuhauf. In diesem scheußlichen Nest waren es 13 an der Zahl. Alle spielten drei Vorstellungen am Tag. Alle hatten zwischen 1800 und 3000 Plätze und waren ständig ausverkauft.
Der schöne Sandstrand vor der Promenade wurde von Damen benutzt, die sich nur bis zur Charmeuse-Unterwäsche auszogen. So sonnten sie sich dann, und soweit Peter und ich sehen konnten, ging nie jemand ins Meer zum Baden.
Sie können sich folglich die Stimmung von Frankenfeld und Dunkhase vorstellen! Aber plötzlich, es war am vorletzten Tag unserer Reise, sahen wir morgens um 11 Uhr – also gut ausgeschlafen – den Freddie Frinton. Sofort nach dem Auftritt stürmten wir in seine Garderobe, um einen Vertrag mit ihm zu machen.

Um es höflich zu formulieren: Es war schwierig, denn er haßte alles, was deutsch war. Der 2. Weltkrieg stand ihm noch zu kurz vor der Haustür.
Er lehnte strikt ab, diesen oder einen anderen Sketch in deutscher Sprache zu spielen. Wir haben es akzeptiert, und Freddie Frinton kam für nur diesen einen Cabaret-Sketch nach Deutschland. Dieser aber ist für jeden, der kein Englisch kann, sofort verständlich.
Wenn Sie den Text dieses Sketches lesen, wird Ihnen verständlich, was ich meine. Es ist der Furz irgendeines Autors, aber ... dreimal aber ... was Freddie Frinton daraus machte, das hat den Erfolg gebracht! Dabei hatten sich schon seit den zwanziger Jahren viele Künstler an dieser Nummer versucht, aber erst Freddie Frinton war die Idealbesetzung.
Um ein paar Irrtümer auszuräumen: Frinton war kein Schauspieler; er war Artist! Bestimmt! Ich habe ihn selbst bei vielen Auftritten als Artist gesehen!
Freddie Frinton war zweimal in Hamburg. Einmal für die erste Live-Sendung der Serie »Guten Abend, Peter Frankenfeld!« und dann zu einer Filmaufzeichnung, weil es damals noch keine Möglichkeit des elektronischen Mitschnitts einer Sendung gab.
Ein drittes Mal, und diesmal für eine Farbauf-

B. Raustein

zeichnung, war leider nicht mehr möglich, weil Freddie Frinton inzwischen verstorben war.
Zu der Filmaufzeichnung, die ja inzwischen zum x-ten Mal wiederholt wurde und wird, hatten wir Publikum eingeladen. Ich bin auch heute noch der Meinung, daß Kabarett – auch im Fernsehen – nur vor Live-Publikum stattfinden sollte.
Wie gesagt, viele haben diesen Sketch schon gespielt. Nichts davon ist geblieben. Die BBC hat den Frinton nicht geliebt. Sie hat ihn einfach nicht gesendet.
Wer, bitte, sagt mir, warum aus diesem Jux ein solcher europäischer Erfolg geworden ist?
Zum Schluß ein Zitat. Ich weiß allerdings nicht mehr, von wem es ist. Einer unserer »großen« Journalisten hat einmal gesagt: »Immer wenn ich ›Dinner for one‹ sehe, weiß ich, daß Silvester ist!«

Heinz Dunkhase

Same procedure as every year

James: Good evening, Miss Sophie, good evening.
Miss Sophie: Good evening, James.
James: You are looking very well this evening, Miss Sophie.
Miss Sophie: Well, I am feeling very much better, thank you, James.
James: Good, good ...
Miss Sophie: Well, I must say that everything looks very nice.
James: Thank you very much, Miss Sophie, thank you.
Miss Sophie: Is everybody here?
James: Indeed, they are, yeah, yes ... They all are here for your anniversary, Miss Sophie.
Miss Sophie: All five places are laid out?
James: All laid out as usual.
Miss Sophie: Sir Toby?
James: Sir Toby, yes, he's sitting here this year, Miss Sophie.
Miss Sophie: Admiral von Schneider?
James: Admiral von Schneider is sitting here, Miss Sophie.
Miss Sophie: Mr. Pommeroy?
James: Mr. Pommeroy, I put round here for you.

B.Ronstein

Miss Sophie: And my very dear friend, Mr. Winterbottom?

James: On your right, as you requested, Miss Sophie.

Miss Sophie: Thank you, James. You may now serve the soup.

James: The soup, thank you very much, Miss Sophie, thank you. They are all waiting for you. Little drop of Mulligatawny soup, Miss Sophie ...

Miss Sophie: I am particularly fond of Mulligatawny soup, James.

James: Yes, I know you are.

Miss Sophie: I think we'll have sherry now, with the soup.

James: Sherry with the soup, yes ... Oh, by the way, the same procedure as last year, Miss Sophie?

Miss Sophie: Same procedure as every year, James.

James: Same procedure as every year, James.

Miss Sophie: Is that a dry sherry, James?

James: Yes, a very dry sherry, Miss Sophie. A very dry. Straight out of the cellar, this morning, Miss Sophie.

Miss Sophie: Sir Toby!

James: Cheerio, Miss Sophie!

Miss Sophie: Admiral von Schneider!

James: Ad ... Must I say it this year, Miss Sophie?

Miss Sophie: Just to please me, James.

James: Just to please you, very good, yes, yes ... Skolll!
Miss Sophie: Mr. Pommeroy!
James: Happy new year, Sophie!
Miss Sophie: And dear Mr. Winterbottom!
James: Well, here we are again, old lovely ...
Miss Sophie: You may now serve the fish.
James: Fish. Very good, Miss Sophie. Did you enjoy the soup?
Miss Sophie: Delicious, James.
James: Thank you, Miss Sophie, glad you enjoyed it. – Little bit of North Sea haddock, Miss Sophie.
Miss Sophie: I think we'll have white wine with the fish.
James: White wine with the fish. The same procedure as last year, Miss Sophie?
Miss Sophie: The same procedure as every year, James!
James: Yeah ...
Miss Sophie: Sir Toby!
James: Cheerio, Sophie, me gal ...
Miss Sophie: Admiral von Schneider!
James: Oh, must I, Miss Sophie?
Miss Sophie: James, please, please ...
James: Skoll!
Miss Sophie: Mr. Pommeroy!
James: Happy new year, Sophie gal.
Miss Sophie: Mr. Winterbottom!

SIR TOBY
B. Rounstein

James: ... you look younger than ever, love! Younger than ever! He, he, he ...

Miss Sophie: Please, serve the chicken!

James: Ya ...

Miss Sophie: That looks a very fine bird?!

James: That's a lovely chu ... chuk ... chicken, that I'll tell you, a lovely ...

Miss Sophie: I think, we'll have champagne with the bird!

James: Champagne, ya ... Sssame, same procedure as last year, Miss Sophie?

Miss Sophie: Same procedure as every year James!!! – Sir Toby!

James: Sophie me gal ...

Miss Sophie: Admiral von Schneider!

James: ... must I, Miss Sophie?

Miss Sophie: James!

James: Ssskoll!

Miss Sophie: Mr. Pommeroy!

James: Happy new year, Sophie gal ...

Miss Sophie: Mr. Winterbottom!

James: It's one of the nicest little women ... hick ... one of the nicest little women, that's ever breathed, ever breathed ... I now declare this bazar opened! Would you like some fruit?

Miss Sophie: I think we'll have port with the fruit!

James: Oh, noo! S ... ame procedure as last ...

Miss Sophie: Yes, same procedure as every year, James!

James: ....!!!...

Miss Sophie: Sir Toby!

James: Sugar in the morning, sugar ...

Miss Sophie: Admiral von Schneider!

James: Ssskolll!

Miss Sophie: Mr. Pommeroy!

James: I'm sorry, Madam, sorry.

Miss Sophie: Mr. Winterbottom!

James: ... huuuh, I'll kill that cat!

Miss Sophie: Well, James, it's been really a wonderful party!

James: Well, it's been most enjoyable.

Miss Sophie: I think, I'll retire.

James: You're going to bed?

Miss Sophie: Yes.

James: Sit down, I'll give you a hand up, Madam.

Miss Sophie: As I was saying, I think, I'll retire ...

James: Ya ... Ya. – By the way, the same procedure as last year, Miss Sophie?

Miss Sophie: The same procedure as every year, James!

James: Well – I'll do my very best!

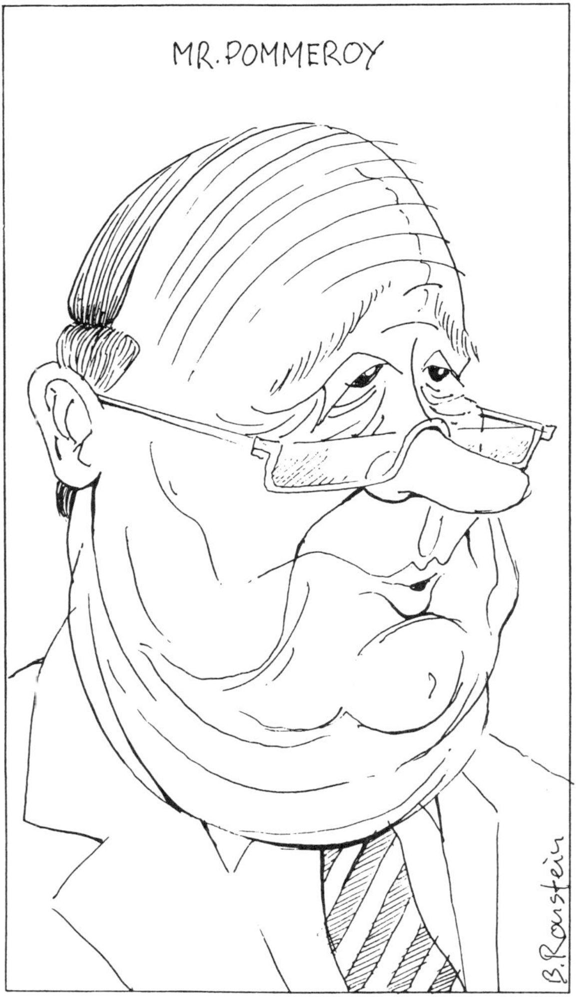
MR. POMMEROY
B. Raustein

Die gleiche Prozedur wie jedes Jahr

Aus dem Englischen von
Klaus Modick und Jamie Gifford-Modick

James: Guten Abend, Miss Sophie. Guten Abend.
Miss Sophie: Guten Abend, James.
James: Sie sehen heute abend sehr gut aus, Miss Sophie.
Miss Sophie: Nun, ich fühle mich auch sehr viel besser. Danke, James.
James: Gut, gut ...
Miss Sophie: Also, ich muß sagen, daß alles sehr nett aussieht.
James: Danke sehr, Miss Sophie. Danke.
Miss Sophie: Sind alle da?
James: In der Tat. Jawohl, ja ... Alle sind zu Ihrem Geburtstag hier, Miss Sophie.
Miss Sophie: Sind alle fünf Plätze gedeckt?
James: Alles gedeckt wie üblich.
Miss Sophie: Sir Toby?
James: Sir Toby, ja. Er sitzt dies Jahr hier, Miss Sophie.
Miss Sophie: Admiral von Schneider?
James: Admiral von Schneider sitzt hier, Miss Sophie.
Miss Sophie: Mr. Pommeroy?

James: Mr. Pommeroy habe ich hier neben Sie gesetzt.

Miss Sophie: Und mein sehr lieber Freund, Mr. Winterbottom?

James: Zu Ihrer Rechten, wie Sie es wünschten, Miss Sophie.

Miss Sophie: Danke, James. Sie können jetzt die Suppe servieren.

James: Die Suppe, sehr wohl, Miss Sophie. Danke. Alle warten auf Sie. Ein wenig Mulligatawny-Suppe, Miss Sophie ...

Miss Sophie: Mulligatawny-Suppe mag ich besonders gern, James.

James: Ja, ich weiß.

Miss Sophie: Ich denke, wir nehmen jetzt einen Sherry zur Suppe.

James: Sherry zur Suppe, ja ... Oh, nebenbei, die gleiche Prozedur wie letztes Jahr, Miss Sophie?

Miss Sophie: Die gleiche Prozedur wie jedes Jahr, James.

James: Die gleiche Prozedur wie jedes Jahr, James ...

Miss Sophie: Ist das ein trockener Sherry, James?

James: Ja, ein sehr trockener Sherry, Miss Sophie. Sehr trocken. Heute morgen frisch aus dem Keller geholt, Miss Sophie.

Miss Sophie: Sir Toby!

James: Cheerio, Miss Sophie!

ADMIRAL VON SCHNEIDER
B. Roustein

Miss Sophie: Admiral von Schneider!

James: Auf Ihr ... Muß ich es dies Jahr sagen, Miss Sophie?

Miss Sophie: Nur mir zuliebe, James.

James: Nur Ihnen zuliebe. Sehr wohl, ja, ja ... Skoll!

Miss Sophie: Mr. Pommeroy!

James: Ein gutes, neues Jahr, Sophie!

Miss Sophie: Und mein lieber Mr. Winterbottom!

James: Tja, da wären wir also wieder, meine alte Liebe ...

Miss Sophie: Sie können jetzt den Fisch servieren.

James: Den Fisch. Sehr wohl, Miss Sophie. Mochten Sie die Suppe?

Miss Sophie: Delikat, James.

James: Danke, Miss Sophie. Freut mich, daß Sie sie mochten. – Ein klein bißchen Nordsee-Schellfisch, Miss Sophie?

Miss Sophie: Ich denke, wir trinken Weißwein zum Fisch.

James: Weißwein zum Fisch. Die gleiche Prozedur wie letztes Jahr, Miss Sophie?

Miss Sophie: Die gleiche Prozedur wie jedes Jahr, James!

James: Jawohl ...

Miss Sophie: Sir Toby!

James: Cheerio, Sophie, mein Täubchen ...

Miss Sophie: Admiral von Schneider!

James: Ach, muß ich, Miss Sophie?
Miss Sophie: James, bitte, bitte ...
James: Skoll!
Miss Sophie: Mr. Pommeroy!
James: Ein gutes, neues Jahr, Sophie-Täubchen.
Miss Sophie: Mr. Winterbottom!
James: ... Sie sehen jünger denn je aus, Liebste. Jünger denn je. He, he, he ...
Miss Sophie: Bitte, servieren Sie das Hähnchen!
James: Jawolll ...
Miss Sophie: Der Vogel sieht aber sehr gut aus!
James: Das ist ein prachtvolles Ha ... Ha ... Hähnchen, das kann ich Ihnen sagen, ein prachtvolles ...
Miss Sophie: Ich denke, wir trinken Champagner zum Geflügel!
James: Champagner, tja ... Dddie ggleiche Prossedur wie letztes Jahr, Miss Sophie?
Miss Sophie: Die gleiche Prozedur wie jedes Jahr, James!!! Sir Toby!
James: Sophie, mein Täubchen ...
Miss Sophie: Admiral von Schneider!
James: ... muß ich, Miss Sophie?
Miss Sophie: James!
James: Sssskoll!
Miss Sophie: Mr. Pommeroy!
James: Ein gutes, neues Jahr, Sophie-Täubchen ...
Miss Sophie: Mr. Winterbottom!
James: Sie ist die netteste kleine Frau ... hick ...

MR. WINTERBOTTOM
B. Rounstein

die netteste kleine Frau, die je gelebt hat, je gelebt ... Jetzt kommt der Laden in Schwung! Möchten Sie Obst?

Miss Sophie: Ich denke, wir trinken Portwein zum Obst!

James: Oh nein! Die g...g...gleiche Prossedur wie letztes ...

Miss Sophie: Ja, die gleiche Prozedur wie jedes Jahr, James!

James: ....!!!...

Miss Sophie: Sir Toby!

James: Süßer die Glocken nie klingen ...

Miss Sophie: Admiral von Schneider!

James: Sssskolll!

Miss Sophie: Mr. Pommeroy!

James: Tut mir leid, Madam, Entschuldigung.

Miss Sophie: Mr. Winterbottom!

James: ... uuuh! Augen zu und Ex!

Miss Sophie: Nun, James, das war wirklich eine wunderbare Party.

James: Ja, sie war höchst vergnüglich.

Miss Sophie: Ich glaube, ich ziehe mich zurück.

James: Sie gehen zu Bett?

Miss Sophie: Ja.

James: Setzen Sie sich. Ich geleite Sie nach oben, Madam.

Miss Sophie: Wie ich schon sagte, ich glaube, ich ziehe mich zurück.

James: Tja ... tja. – Nebenbei: die gleiche Prozedur wie letztes Jahr, Miss Sophie?
Miss Sophie: Die gleiche Prozedur wie jedes Jahr, James!
James: Gut – ich werde mein Bestes tun!

DIE SEELEN UND DIE FORMEN
Erläuterungen und Interpretationen zum 90. Geburtstag

Vortrag von Prof. Peter Serebriakow

Um der Bedeutung des 90. Geburtstages gleich eingangs gerecht zu werden, ist es vielleicht gut, sich eine Bemerkung Ludwig Wittgensteins vor Augen zu halten. »Ich kann nicht viel finden an Shakespeare«, soll der große Philosoph gesagt haben, Shakespeare nämlich sei zwar ein großer Sprachschöpfer, aber kein Dichter, der es gewagt habe, die Grenze des Unsagbaren zu überschreiten. Nun, ich bin überzeugt, Wittgenstein – zumal für ihn ja »die eigentliche Entdeckung die ist, die mich fähig macht, das Philosophieren abzubrechen, wann ich will« – Wittgenstein also hätte seine helle Freude an dem Einakter gehabt, der in dem Land entstanden ist, in dem er sein Leben beschloß. Ich sage »hätte«, denn es ist unwahrscheinlich, daß er das Stück gekannt hat, dessen Durchbruch spät erst kam – zu spät.

Der 90. Geburtstag, der – ich folge hier der Studie S. Z. Cobs – in den zwanziger Jahren von einem unbekannten Autor verfaßt wurde, ist zunächst vor allem auf Kabarettbühnen der Londoner Arbeiter-

bezirke gespielt worden. Ein größerer Erfolg war dem Stück auch nicht vergönnt, als Freddie Frinton, der Darsteller des Butler James in der Fernsehfassung, mit ihm in den fünfziger und sechziger Jahren in englischen Badeorten gastierte. Erst im Jahre 1963, als Frinton in der Peter-Frankenfeld-Show auftrat, begann der Siegeszug. Seit diesem Jahr wird alljährlich zu Silvester eine Aufzeichnung des Stückes im deutschen Fernsehen ausgestrahlt. Mittlerweile wird die Beziehung des Einzelnen zum 90. Geburtstag (jedenfalls in Deutschland, wo das Stück den mit Abstand größten Erfolg hat) bereits als allgemein akzeptierter Prüfstein oder wenigstens als Kennkarte für seelische Vorgänge gesetzt bzw. gezeigt. Ich möchte in diesem Zusammenhang nur kurz aus einem Erlebnisbericht zitieren, erschienen in dem von Ulla Fröhling herausgegebenen Buch »Droge Glücksspiel«: »Ich glaube, ich bin schon traurig geboren. Wenn andere albern sind, das kann ich kaum ertragen. Schon in der Schule habe ich mich weggesetzt, wenn die Mädchen gackerten. Oder diese Silvestersendung, über die alle lachen, ›Dinner for one‹ – was ist denn daran komisch, wenn ein alter Mann über ein Tigerfell stolpert?«
Wie alle bedeutenden Stücke Drama, so ist auch der 90. Geburtstag an Facetten ungemein reich. Allein die Vielzahl unterschiedlicher Interpretatio-

nen zeigt, wie er in jedem Betrachter eine Saite zum Schwingen, eine andere zum Schweigen bringt. Hier gibt es also von vornherein nichts Letzthinniges und nichts Ein-für-Allemaliges, und wenn die überwiegende Mehrzahl der Kunstsachverständigen, Essayisten und Liebhaber, die Interesse an einer Kategorisierung des Gesamtstückes oder an einer Analyse einzelner Komponenten haben, für ihre Varianten jeweils Alleinvertretungsansprüche geltend machen, dann ist das erschütternd bedauerlich.
So kann ich also, wenn ich im folgenden einen kurzen Überblick über wichtige Interpretationsansätze verabfolge, dem Betrachter nur Anregungen für seinen Bezug zum 90. Geburtstag geben, keineswegs aber ein bestimmtes Verständnis vorschreiben wollen. Es versteht sich von selbst, daß hier eine auch nur annähernd vollständige Auflistung ebensowenig möglich ist wie ein wissenschaftlicher Anmerkungsapparat vonnöten. Und ich möchte auch gleich sagen – obwohl ich sonst alle Wertung zu vermeiden suche –, daß ich, da ich mich nun einmal beschränken muß, auf die Darstellung einiger eher abseitiger Lesarten, die nur für Experten von Interesse sind, verzichte. Ich erwähne hier stellvertretend die Polemik, die ein Kreis selbsternannter Gourmets an die Zusammenstellung des Menüs geknüpft hat, vor allem an die Kombination

von Huhn und Champagner. Ein Stück könne nichts wert sein, das solch ein gastrosophisches Verbrechen gewissermaßen propagiere, meinen diese Herren, die offenbar ihre Identitätsbildung so entschieden hochgezüchtet haben, daß sie, verzeihen Sie mir diesen einmaligen Ausfall, schon wieder auf den albernen Pawlowschen Hund gekommen sind.

Was aber ist von Relevanz und Interesse?

Zunächst einmal ist es die Entscheidung über den **Charakter des Stückes und seine Komik**. An dieser Frage haben sich zwei größere Richtungen herausgebildet. Die eine Gruppe, vertreten vor allem durch die Theaterwissenschaftlerin **Iris Fleischhauer**, sieht im 90. Geburtstag ein Lehrstück fast im Sinne Brechts, das, um die (oder besser irgendeine) Situation, Problematik, Lösung herauszuarbeiten, die Mittel der Farce einsetzt: von Elementen des Slapsticks (Butler James trinkt Blumenwasser) bis zu jener Distanzierung des Schauspielers vom Gespielten, die sich dadurch ergibt, daß er deutlich sichtbar in Rollen (hier in die von vier abwesenden Personen) schlüpft. Die andere Richtung, ich nenne hier als prononcierten Vertreter nur den Gestalttherapeuten **Dennis Buckle,** betrachtet den 90. Geburtstag als in sich abgeschlossene Realität. Für diese Interpreten ist die reine Form der Inhalt, die Funktion der Dar-

stellung einzig die Darstellung, und jede Frage nach einem überschreitenden Sinn ist selbst eine Farce. (Ich erwähne nur am Rande, daß dieser zweiten Richtung natürlich von der ersten entgegengehalten werden kann, daß eine Struktur, die nichts demonstrieren will, nolens volens immer etwas demonstriert, nämlich daß es nichts zu demonstrieren gibt.)
Im Geiste der unterschiedlichen Grundeinschätzungen wird auch die das Stück tragende Komik verschieden aufgefaßt. Für die einen Interpreten ist das mit dem 90. Geburtstag in Zusammenhang stehende Lachen, zu dem zweifelsohne die überwiegende Mehrheit der Zuseher gelangt, eine kühle Distanznahme im Sinne der so treffenden Bemerkung Henri Bergsons in seiner berühmten Studie über das Lachen: »Das Lachen hat keinen größeren Feind als die Emotion«; das Lachen sei hier also ein Aus-sich- und Aus-jenem-Herausgehen, das zu etwas führen kann und auch soll: zur Selbsterkenntnis oder zur Einsicht in die Dekadenz der alten Oberschicht oder zu dem, was Eugène Ionesco dem Humor zumißt: »sich der Absurdität bewußt werden und doch in der Absurdität weiterleben«. Die anderen Interpreten hingegen, für die das Stück, weil es gar nicht mehr mit einer Differenz zwischen Sein und Sollen arbeitet (d.h. ein Ideal weder propagiert noch fordert), für die ist

das Lachen hier eigentlich nur als Parodie auf sich selbst oder als erkanntermaßen ritualisierter Affekt möglich. Anders formuliert, für diese Interpreten neigt der unbekannte Autor der Meinung Picabias zu: »Es gibt Papageien, die Scheiße sagen können; diese Vögel gefallen mir, denn sie sind die einzigen, die das nicht komisch finden.«
Wenden wir uns nun jenen Interpretationen zu, für die der 90. Geburtstag wesentlich Lehrstück ist. Da sind einmal jene zu nennen, die in dem Einakter **ein eminent politisches** Stück sehen. Zwei sehr unterschiedliche Botschaften haben Analysatoren herausgelesen. Für den schlagkräftigsten Vertreter der einen These, den Soziologen **Hermann Gleisberg,** liegt uns hier das zutiefst klassenkämpferische Porträt einer untergehenden Welt vor: einer ländlich-städtischen Mittelschicht nebst militärischem und couponabschneidendem Anhang, die sich in ihrer Zukunftslosigkeit nur mehr an sinnentleerten Festen, am Alkohol und am Traumgebilde einer längst verstorbenen Vergangenheit festhalten kann; dazu einer nicht minder dekadenten Schicht dienender Berufe, personifiziert in einem Butler, der, von seiner Herrin entwürdigt (eine anglifizierte Variante des Woyzeck also), in all seiner Demütigung doch nur das Arrangement mit den Herrschenden sucht, suchen kann, weil er seinen Stolz unlöslich an die Rationalität des

herrschaftlichen Wohlergehens in Börse, Tisch und Bett bindet.

Eine sehr andere politische Botschaft sieht **Frederic Rudolfsheimer,** Professor an der School of Economics im 90. Geburtstag am Werke. Für Rudolfsheimer wird hier, wie er in seinem Essay »Die Unerschöpflichkeit der Dynamik im dramatischen Werbezug der Früh-Thatcheristen« prägnant ausführt, zwar missioniert, aber von der anderen Seite, von oben. Es handele sich um eine – noch dazu recht plumpe – Propaganda für die (um einen heutigen Terminus zu verwenden) »angebotsorientierte« Wirtschaftspolitik der Konservativen gegen den in Sozialdemokratie und Gewerkschaften grassierenden Keynesianismus. James, der ja einiges an Alkohol zu bewältigen hat, fungiert als Demonstrationsobjekt für die These, daß ein reichhaltiges und konsequent durchgehaltenes Angebot vom Konsumenten, und zwar unabhängig von seiner subjektiven Konstitution (d.h. seinen Wünschen und dem ihm zur Verfügung stehenden Lohn usw.) nicht nur bewältigt, sondern in letzter Instanz sogar als Stimulanz und als Bereicherung erfahren wird.

Ein Lehrstück nicht in Sachen Politik, sondern **Psychologie** ist der 90. Geburtstag für **Hans-Karl Kloppweißer** und seine Schule. Im Fall Goethe, führt der Psychologe und Psychiater aus, könne

man sich über verschiedene Interpretationsweisen vielleicht noch streiten, gegenüber dem 90. Geburtstag sei ausschließlich das klinische Lesen bzw. Hören und Sehen angebracht. Mit Miss Sophie (in der Fernsehfassung gespielt von May Warden), die, weil situationsbestimmend, die eigentliche Hauptperson ist, werde uns nichts anderes vorgeführt als eine typische, ja fast schon prototypische Borderline-Persönlichkeit: frei flottierende Angst, hypochondrische Neigungen, Mischzustände von Wut, Ohnmacht und Hilflosigkeit, Angst vor Liebe, rasches Schwanken zwischen Idealisierung und Entwertung von Objekten, dazu das Gefühl, das Mitmenschen eigentlich fremde Wesen sind – all dies verkörpere die bedauernswerte alte Frau in ihrer Scheinwelt am Tisch, und, wo sie es nicht auf den ersten Blick erkennbar tue, da sei sie noch viel schlimmer dran, da nämlich verdränge sie.
Für **Dr. med. Julius Lührsson-Strick** wiederum steht ein ganz anderer Aspekt im Vordergrund. Rein medizinisch ist für ihn die Sachlage eindeutig: Butler James sei, das gehe aus seinem ganzen Verhalten hervor, ein Spiegeltrinker, der sein überhöhtes Alkoholquantum gleichmäßig über den Tag verteilt und ohne größere Kontrollverluste zu sich nehme, ein Deltatyp also, der im Stück zwangsweise in die Situation des Gammatyps versetzt werde, in den Alkoholexzeß. Daß der gelernte

Spiegeltrinker nun mehr oder minder die Kontrolle über sich auch unter den für ihn ungewohnten Bedingungen bewahre und anders als ein Rauschtrinker reagiere, das mache das Besondere und somit Unwirkliche der Situation aus – solche Menschen gebe es in Promillegröße, ungefähr so selten wie kontrollierte Berufs-Roulettspieler. Nun ist allerdings auch Lührsson-Strick der Meinung, daß das Stück gute Dienste als Anschauungsmaterial leiste, für eine Handvoll Ärzte aber natürlich nicht geschrieben wurde. Das eigentlich Interessante knüpft sich an etwas anderes: daran, daß James, indem er sich kontinuierlich gegen den Alkoholkonsum sträubt, seine Lust verdoppelt. Zur Befriedigung unmittelbar an der Flasche kommt für ihn die Befriedigung am Vollbringen eines Selbstopfers, nämlich an der Überwindung des Bedürfnisses nach Sich-Versagen im oralen Bereich. Eine Versagung, die, wie wir seit der Untersuchung von Dozent Dr. Harald Leupold-Löwenthal wissen, »den Charakter eines pseudoreligiösen Opfers« hat, also, möchte ich meinen, außerordentlich befriedigend ist. Diese Methode der Steigerung von Lebensglück – diese gefährliche Methode, wie Lührsson-Strick niemals hinzuzufügen vergißt –, bei der im Gegensatz zum klassischen Asketentum Lust nicht aus der Versagung körperlicher als vielmehr aus der Opferung geistig-seelischer Bedürfnisse gewon-

nen wird, dieser Weg ist in den zwanziger Jahren nur von Exponenten des Marcos-Fables-Kreises propagiert worden – ein Zusammenschluß vor allem von Ex-Mitgliedern des Methodistischen Abstinentenbundes, enttäuschten Platonisten, Aktivisten des Arbeiter-Feuerbestattungsvereins und Angehörigen der Karikaturistenvereinigung »Kompaß«. Für Lührsson-Strick liegt also die Vermutung auf der Hand, daß der 90. Geburtstag von einem Mitglied dieses Kreises speziell zur Propagierung seiner Ideen entwickelt worden ist.
Die weitaus meisten Interpretationen – und für sie ist die Grenze zwischen »Lehrstück« und »abgeschlossener Realität« anerkanntermaßen fließend – schließen sich der Tatsache an, daß es hier einem Menschen gelingt, indem er einen anderen die Rolle von vier (vermutlich verstorbenen) Personen erfolgreich ausfüllen läßt, **seine Welt zur Unsterblichkeit zu versteinern.** Schauriger, sagt nun die eine Richtung, deren Hauptexponent **Paul-Eduard Gluthammer** ist, schauriger kann die apriorische Trostlosigkeit menschlicher Grundbefindlichkeit nicht deutlich gemacht werden: Es gibt keinen Weg zum Du, nicht zum Sinn und nicht zur Eigentlichkeit, uns allen bleibt nur die Einzementierung des in ständigem Zerfließen befindlichen und dennoch in sich abgeschlossenen Ichs in einer isolierenden Vorstellung von Welt, ein

Sich-Überliefern an eine geronnene Aufenthaltslosigkeit also, die dem Menschen schlechthin ebensowenig bringen kann wie die im Posthorn eingefrorenen Töne dem Musikliebhaber Befriedigung – diese so entsetzlich abgesicherte Aus-dem-Fenster-Gehaltenheit des Individuums, die eben zeigt uns die Farce. Hochinteressant nun aber ist, daß das, was von Gluthammer und seiner Richtung als Beleg und Illustration der unüberschreitbaren Obdachlosigkeit des Menschen genommen wird, anderen Interpreten – freilich in ganz verschiedener Weise – als Hebel zur Überwindung der Kategorie Tragik überhaupt dient. Für den Philosophieprofessor **Wolfhardt Lützgenkirchen** sind, wie er in seinem populärwissenschaftlichen Beitrag »Vernunft, Mythos, Utopie – und hoffentlich kein Ende« ausführt, dem geprüften Willen zum gesellschaftlichen Sein des Alles prinzipiell überhaupt keine Grenzen gesetzt. Anknüpfend an eine Bemerkung Ernst Blochs im 3. Band des »Prinzip Hoffnung« über die geglaubte Mechanik im Universum, die sich für den roten Helden ohne Spaß, auch ohne Pantheismus, dennoch befriedigend vollzieht, sieht Lützgenkirchen in der Miss Sophieschen Verstetigung ihrer Freunde einen (so nur der Aristokratie, nicht aber dem bürgerlich geeinzelten Individuum möglichen) **objektiv-utopischen Vorgriff** auf jene Welt, die Bloch bezeichnet als:

»Verschwinden des Nichts im sozialistischen Bewußtsein ist Füllung dieses Nichts mit neuen humanen Inhalten.«
Für **Victor Tormaukin** hingegen, den Pascal-Interpreten und Sportjournalisten, bleibt das alles Farce. Nun hält Tormaukin aber die Arbeit an einer gelungenen Farce – d.h. an einem Leben, in dem der unüberschreitbare Zwiespalt durch den **selbstaktiven und eigenkontrollierten Schritt in eine systematische Besessenheit** abgemildert wird – diese Arbeit hält er für wesentlich. In diesem Sinne sieht er in Miss Sophies Lebensweise, weil dort die Verdinglichung zur Institution »Mensch«, »Du«, »Geliebter« 1. anscheinend bewußt in Absicht der Selbsttäuschung; 2. ohne Einengung des Gegenüber erfolgt (Toby, von Schneider, Pommeroy und Winterbottom sind **für sich** ja tot) – ein geglücktes Arrangement.
In einer gewissen Nähe zur Position Tormaukins steht die Interpretation der Germanistin **Alma Grimmer-Seilowski.** Allerdings betrachtet sie das Stück aus einem anderen Blickwinkel: Im Gefolge der Thesen Marlen Haushofers, vor allem aber Ingeborg Bachmanns sieht sie im Verhalten Miss Sophies den **folgerichtigen Schritt einer zu Selbstbewußtsein erwachten Frau**, die Stellung bezieht »gegen die Verderbnis und das Reguläre, gegen das Leben und den Tod, gegen

den zufälligen Verlauf, all die Drohungen, die einsickernde Perfidie, gegen den langsamen Fraß innen und gegen das Verschlungenwerden von draußen«.

Eine Frau, die alle Enttäuschungsmöglichkeiten hinter sich läßt und auf das klägliche Bild verzichtet, das jede Bindung der Seelenphantasie an die empirische Mannes- oder überhaupt Menschenform, wie sie in der sogenannten Wirklichkeit vorkommt, bietet. Nur mehr einer mageren Kulisse bedürftig, die ihr Butler James mit seinen vier Rollen baut, erweist Miss Sophie sich erfolgreich in dem Versuch, einen nichtreligiösen Weg der Liebe zu einem Objekt herzustellen, dem sie sich ohne Beschädigung ihres Ichs, ja geradezu in Verwirklichung ihrer Autonomie ganz hingeben kann.

Lassen Sie mich jetzt kurz noch auf einige Einzelaspekte des Stückes übergehen:

– Der **Beziehung Miss Sophie – Mr. Winterbottom** hat der Essayist Hagen Christiansen seine Aufmerksamkeit gewidmet. In seinem Beitrag »Über einige Aspekte des Verlobt-Seins« bestimmt er sie als das Exempel eines tief gelungenen seelischen Ineinandergreifens, d.h. eine erfolgreiche Entmischung des chaotischen Gefühlslebens zur Geschwisterliebe.

– Die **Verwandtschaft des 90.Geburtstages mit der Commedia dell'arte** behandelt der Theaterkritiker **Aldo Escarbolini.** Er sieht hier einen Entstehungszusammenhang, ja eine große Übereinstimmung, abgemildert nur durch Konzessionen an die britische Mentalität. Das Spiel als Spiel werde zwar nicht durch Masken kenntlich gemacht, wesentlich liege hier jedoch fast ein Plagiat vor, jedenfalls sei die Rollenverteilung eindeutig: Butler James sei Brighella, Sir Toby Pulcinella, Admiral von Schneider der Capitano, Mr. Pommeroy Tartaglia, Mr. Winterbottom der Dottore, und nur Miss Sophie habe einen Hauch von Originalität.

– Auf die **Bedeutung des ausgestopften Tieres** weist die Kleist-Expertin **Christiane Lehrmayer** hin. Dabei gehe es dem Autor nicht um die Not der Tiere, vielmehr wolle er zeigen, daß die Handlungen der Vergangenheit (erfolgreiche Jagd) sich dem Menschen wie Knüppel zwischen die Beine werfen, so daß er, bildlich gesprochen, unweigerlich ins Stolpern gerät, ja selbst dann überall sich selbst im Weg steht, wenn er sein soziales Feld wie ein Museum ausstaffiert und mit den Menschen kommuniziert wie mit leerem Stroh.

– **Gerlach Pulvermann**, Professor für Frauenwissenschaften und Prozeßlehre, verdanken wir den Hinweis, daß **die erstaunlichste mentale und physische Leistung** während der Feier keineswegs von James, vielmehr von Miss Sophie erbracht wird. Für einen unvoreingenommenen Beobachter sei es schlagend, wie sie: als Frau (wo die Frauenleber bekanntlich doch nur 0,085 Gramm Alkohol pro Stunde abbaut gegenüber 0,1 Gramm der Männerleber), mit 90 Jahren, bei geringem Körpergewicht, innerhalb kürzester Zeit, schließlich ohne jede Verhaltensänderung – unter fünffachem Handicap also – vier Gläser recht starken Weines souverän bewältige.

Wenn ich, gegen Ende dieser kurzen Übersicht, nun eine eigene Meinung äußern soll, so möchte ich als Rezeptionsgeschichtler zunächst einmal auf einen in der Literatur bisher überhaupt noch nicht berücksichtigten Einzelaspekt hinweisen.
M.E. deutet die merkwürdige Fußhaltung des Butlers, wie sie vor allem beim Stolpern deutlich wird, eindeutig auf eine **fußballerische Vergangenheit** seinerseits hin. Und zwar glaube ich das nicht nur, weil hier offensichtlich ein Meniskusschaden vorliegt und ein solcher als Berufskrankheit von Fußballern anzusehen ist; überdies hat James den für die Ballführung des Mittelfeldspielers (zu seiner Zeit hieß es noch »Läufer« und »Halbstürmer«) typischen und für das Geben weiter gefühlvoller Pässe erforderlichen Innenrißansatz – ja, ich wage sogar zu vermuten, daß er seine Karriere in den zwanziger Jahren bei »Arsenal London« aufgenom-

men hat. Was nun das Gesamtwerk betrifft, so stehe ich der Interpretation des **Musikologen Johann Gassner** sehr nahe, der den 90. Geburtstag als Travestie, vom Autor ungewollt und eben deshalb ernst zu nehmen wie ein Original, als Struktur also **vergleichbar mit Anton Bruckners Generalpause** interpretiert. Freilich, dies zu erkennen setzt eines voraus: das Stocken, das uns schwindelnd hinwegtragen soll über das Gewohnte; der Rhythmus eines uns ureigenen Pulsierens, der nur in einer von allen Zufälligkeiten gereinigten Stille hörbar ist; der vordergründige Lärm, der hier – einer Schwitzkur vergleichbar – nichts anderes als sein Gegenteil herausarbeiten soll; die Bedingung der Möglichkeit zum In-Sich-Gehen also darf der Zuseher nicht vernichten, indem er lauthals in das Stück hineinprustet wie ein Tier im Morgengrauen.

Wenn Sie mich allerdings als unmittelbar Betroffenen fragen, als einen Menschen, dessen Beziehung zum 90. Geburtstag am Silvesterabend von Symptomen eines Suchtverhaltens durchaus nicht frei ist – wie ich auch zugeben muß, daß ich mich da oft außer Fassung gestellt antreffe, vor allem bei den Stellen »You look younger than ever, love, younger than ever!« und »Sugar in the morning« ... nun, also, wenn Sie mich in dieser meiner Eigenschaft zum 90. Geburtstag fragen, so kann ich nur sagen:

Als ein solcher fällt mir dazu nichts ein, rein gar nichts. Zu diesem Nichts allerdings stehe ich; und so bekenne ich mich auch zu der Spannweite, in der es in mir aufgehoben ist, mit Leidenschaft tue ich das sogar, da beißt keine Maus einen Faden ab, ganz im Sinne des weisen Sohnes des alten Rabinovič, der sagte: »Was hat Eintracht mit Hader zu tun? Wie es heißt: Adam war ein Mensch, und Branntwein ist Branntwein!«
Ich danke Ihnen.

Thank you, James!

Neujahrsansprache
an einen
nimmermüden Butler

Lieber James! Alle Jahre wieder – wer wüßte das besser als wir – geht ein Jahr zu Ende. Diesmal nun will ich die Gelegenheit nicht verstreichen lassen, ohne zu sagen, was ich Dir schon lange einmal sagen wollte: Thank you, James!
Viele Worte haben wir darüber ja nie verloren, James, dafür war auf Dein Wort immer Verlaß. Wenn Du in Deiner unnachahmlichen Art sagtest »I'll do my very best«, dann tatest Du es auch. Bis heute – ich habe nachgezählt, mein Lieber – genau vierhundertneunundneunzig Mal allein zu Silvester im deutschen Fernsehen. Ich finde, das ist mehr, als man von einem Butler verlangen kann.
Ach ja, Fernsehen – Du erinnerst Dich sicher: damals hieß es noch so. Zwischen den Blättern meines alten Poesiealbums habe ich neulich ein vergilbtes Papier entdeckt, eine, ach Gott, »NDR-Information« vom Dezember 19... – Moment mal – ja, vom Dezember 1981. NDR, James, Du weißt, das waren die netten Leute, die uns damals aufgezeichnet haben.

Dieses alte Papier, James: es ist natürlich in der Sprache abgefaßt, in der man damals solche für die Presse bestimmten Verlautbarungen formulierte – etwas unbeholfen, aber herzlich. Ich war gerührt, als ich das jetzt wieder las, James, und ich glaube, Du wirst auch gerührt sein; ich muß es Dir vorlesen, also hör zu: »Zum erstenmal in Deutschland war ›Dinner for one‹ 1963 in der Fernsehsendung ›Guten Abend, Peter Frankenfeld!‹ vom NDR zu sehen. Das hintergründig-heitere Spiel mit der Tücke des Objekts, sprich Tigerkopf, fand so viel Anklang, daß Unterhaltungschef Henri Regnier sowie Peter Frankenfeld und Heinz Dunkhase, die Freddie Frinton nach Deutschland geholt hatten, sich schnell einig wurden, das Stückchen noch einmal aufzuzeichnen. Was bei der Erstsendung dieser Aufzeichnung, die übrigens zu den ersten MAZ-Produktionen in der deutschen Fernsehgeschichte gehört, am 8. März 1963 um 21.25 Uhr niemand ahnte: sie wurde zur am häufigsten wiederholten Fernsehsendung in der Bundesrepublik. In diesem Jahr wird sie nun bereits zum achtzehntenmal gezeigt ...«

Zum achtzehntenmal, James – das war 1981. Mir ist, als wäre es heute. Der alte Regnier, der alte Dunkhase, was mag aus ihnen geworden sein? Und was aus dem alten Freddie Frinton, dem wir ja eigentlich alles verdanken? Er war

schon ein komischer Kerl, findest Du nicht?
Was sagst Du dazu, James: Ist es nicht merkwürdig, daß auch dem Verfasser dieses alten Textes damals schon der Tigerkopf aufgefallen ist, von dem ich immer wollte, daß Du ihn endlich wegräumst, weil Du dauernd darüber gestolpert bist? Nun, inzwischen habe ich mich an das Ding gewöhnt, und wir wollen es dabei belassen, James. Wenngleich ich Dir nicht verhehlen möchte, daß ich es manchmal, verzeih', direkt zum Schießen finde, wie Du ... nun ja.
Ein so fabelhafter Butler darf schließlich seine Marotten haben. Das meinte auch Mr. Pommeroy, als ich ihm neulich das Papier zu lesen gab. Jedes Wort des Lobes darin sei wahr, sagte er. Allerdings hat ihn ein bißchen irritiert, daß von einem »Zweipersonenstück« die Rede ist, obwohl wir doch immer zu fünft am Tisch gewesen seien. Und da hat er ja eigentlich recht.
Auch Admiral von Schneider ist von Deinen Qualitäten als Butler angetan, lieber James. Mehr als ein beifälliges »Schkollll!« kriegt er allerdings nicht mehr heraus; der alte Trottel wird ja immer zackiger. Nur Sir Toby scheint Vorbehalte zu haben. Wahrscheinlich ist er ein bißchen eifersüchtig, weil Du immer Winterbottom den Platz zu meiner Rechten gibst. Jedenfalls machte er neulich eine etwas unfreundliche Andeutung. Wenn ich ihn recht

verstanden habe, meinte er, die Leute draußen würden über uns lachen ... Dazu kann ich aber nur sagen: sollen sie, lieber James, sollen sie.

Habe ich schon zuviel geredet, James? Entschuldige – ich weiß, die Herren kommen gleich zum Essen. Aber eines möchte ich doch rasch noch sagen: Ich kann mir keinen besseren Butler vorstellen. Und was ich mir für das nächste Jahr wünsche? Nun, wie ich Dich kenne, hast Du es längst erraten. Genau, James: The same procedure as every year.

Deine Miss Sophie

Aus »DIE ZEIT«, 1.1.1982

Im Taumel der Paradoxien

Leere. Ein leeres Zimmer. Fünf leere Stühle. So beginnt das englische Traditionsdrama »Dinner for one«. Dann erscheint ein Mensch, ein Mann. Auch er scheint leer zu sein, ausgebrannt, am Ende, hin- und hergerissen zwischen seinen Aufgaben. Dann kommt das Weib. Die biblische Urform einer menschlichen Gemeinschaft entsteht: das Paar. Im Spannungsbogen bewußt sparsamer Ausdrucksformen entwickelt sich der Dialog. Zweckgerichtet zwar, doch eben auch von unaufdringlicher Brillanz geprägt. Schnell erschließt sich dem Zuschauer die Ebene ihrer Beziehung. Vielleicht einen Deut zu hastig steuern die beiden Protagonisten der Aufschlüsselung entgegen, zumal die Kostümierung bereits eine nachvollziehbare Signalwirkung besitzt. Man weiß, hier steht er inmitten seiner Probleme, er, der Butler. Dort sitzt sie, ruhend im eigentlichen Sinne, der Welt vorgeblich nur noch zögernd verhaftet, sie, die Herrin. Behutsamkeit dominiert nicht nur das Wirken der Akteure (**Freddie Frinton** überrascht in der Rolle des Butlers durch die Subjektivität, **May Warden** schlängelt sich förmlich in die Rolle der Lady hinein, verschmilzt mit der Aufgabe, ja, zerschmilzt zu einer neuen Identität), auch das Bühnenbild fügt sich nahtlos in die Gesamtkonzeption, ist mehr als nur Kulisse, wird zu einer nonverbalen Frage an den Betrachter, der sich der drohenden Morbidität nicht zu entziehen vermag, es schon nach kürzester Zeit auch nicht mehr will. Leise Töne herrschen zunächst vor, doch schon bald bestimmt die Unmittelbarkeit des Spiels, welche Nähe und Distanz zugleich auf das Publikum überträgt, den Ablauf. Mit verhaltener Wucht explodiert Frintons Butler in einem erschütternden »Cheerio, Miss Sophie!«, der Auftakt zu einer Reise in die imaginäre Welt seiner Herrin. Traumgestalten treten auf, entschwinden wieder koboldhaft, um sich erneut zu Wort zu melden.

Die auf den ersten Blick konventionell wirkende Form der Inszenierung sprengt die Trivialität einiger schwacher Textstellen (negativ auffallend hier besonders der fehlende innere Reiz bei dem Gespräch über die Mulligatawny soup). Dennoch: Wort und Geste gehen eine symbiotische Verzahnung ein. Optimal wird die Wirkung ausbalanciert. Die Charaktere sind differenziert durchgezeichnet, in sich stimmig. Man spürt den tiefen Schmerz des Admiral von Schneider, man leidet mit ihm, wenn er sich gegen den Fußknöchel tritt. **Freddie Frinton** in der Rolle des alten Haudegen verleiht dem Typus Farbe, Leben, ja man meint zu spüren, daß auch in diesem alten Manne noch Emotionen

verborgen sind, die ihrer Erfüllung harren. Überzeugend auch der Part des Mr. Winterbottom, die klassische Liebhaberrolle, an der schon so mancher Jünger Thalias kläglichst scheiterte. Doch **Freddie Frinton** in der Rolle des Kleinstadt-Charmeurs läßt die unbändige Glut spüren, die auch in diesem ausgemergelten Körper noch existiert. Wohldosiertes Pathos ergänzt die sublime Grundtendenz, mit der **Frinton** sich dem exzentrischen Charakter des Winterbottom nähert, sich vollkommen in der spirituellen Symbolik des Stückes auflöst, das Nichts, die Leere körperlich existent zu machen scheint.
Und während ein Hauch von Nekromantie durch das Szenarium weht, triumphiert letztendlich die zarte Gier des Weibes. Lüsterne Prüderie kennzeichnet den Abgang, fängt den Zuschauer ein, zieht ihn gleichsam in den Bann. »Well – I'll do my very best!« Der Schlußakkord. Vitalität brandet auf, entgegen modischen selbstzweiflerischen Geisteshaltungen erobert der Protagonist souverän – und sozusagen stellvertretend für den Zuschauer – die Zukunft. Mit einem Fanal optimistischer Zuversicht schließt sich der Kreis. Ein mutmachendes Ende, ein mutmachendes Stück.

B. Ronkanowitsch

Aus dem »Lörnsdorfer Kreisblatt«, 2.8.1983

Lob der Wiederholung

Ein Wort aus gegebenem Anlaß

Es war der Fernsehskandal des Jahres – und das fast am Ende desselbigen. Wir erwarten nun, daß sich der Sender bei Bundesbürger und Bundesregierung in gebührender Form entschuldigt; und wir verlangen, daß die für den Skandal Verantwortlichen schonungslos zur Rechenschaft gezogen werden.

Es passierte am 29. Dezember, exakt um 22.15 Uhr. Der Fernsehsender *RTL plus* brachte das unsterbliche Miniaturdrama »Dinner for One« – aber (unfaßbar!) nicht in der unsterblichen Originalversion mit May Warden und Freddie Frinton, sondern in einer neuen (!), deutschen (!!) Fassung, und das auch noch in Farbe (!!!). Wenn es überhaupt noch eines Beweises für die kulturvernichtenden Folgen des Kommerzfernsehens bedurft hätte – das ist er gewesen. Denn die Herren von *RTL plus* begriffen nicht, daß man das Unsterbliche nicht verbessern kann. Dem schalen Vergnügen einer »Neuerung« opferten sie das tiefe Glück jedes Kulturmenschen: das Glück der Wiederholung. Auch wenn wir selbstverständlich jederzeit für die Freiheit der Kunst und der Presse eintreten, müssen wir ohne Wenn und Aber feststellen: Dieses deutsche »Dinner for One« hätte niemals gesendet werden dürfen!

Erst zwei Tage später, Silvester, hatten wir den Skandal halbwegs verkraftet. Am Nachmittag sahen wir (noch einmal!) das Endspiel der Fußball-Weltmeisterschaft, noch einmal den Zauberzwerg Maradona. Dann sahen wir (wieder einmal, zum dreiundzwanzigsten Mal) »Dinner for One«, diesmal (gelobt seien die Dritten Programme) in der einzig möglichen Fassung. Wie wir nun hören, hat es auch später, nach der »Tagesschau«, noch sehr gute Wiederholungen am Silvesterabend gegeben. Aber da hatte d. Verf. schon die verdiente Nachtruhe angetreten.

Wir kommen zum philosophischen Kern der Affäre. Der Mensch ersehnt sich furchtsam das Neue, doch wahrhaft liebt er nur das Alte. Die Wiederholung. Das hat nicht nur mit seinen sentimentalen Neigungen zu tun. Eine wirklich komische Szene zum Beispiel gewinnt mit jeder Wiederholung. Beim ersten Mal wird der Zuschauer oft überrumpelt, lacht nur, weil auch andere lachen. Doch mit jeder neuen Wiederholung wird er mehr zum Experten: Seine erregte Vorfreude und seine souveräne Kennerschaft schmälern das Vergnügen nicht, sondern heizen es erst richtig an.

Man lacht schon, weil man weiß, daß man gleich wieder lachen wird (oder schluckt, weil man gleich wieder weinen wird).

Gewiß sind die Künste eine Wunderwelt der Neuentdeckungen. Aber mindestens ebensosehr sind sie ein Paradies der Wiederholungen – ganz gleich, ob man an Mondrians Rechtecke denkt, an Becketts Schweigemusiken oder an Thomas Bernhards Wortvulkane. Das Neue macht uns nur neugierig, die Wiederholung aber süchtig.
Das Beste am Fußball sind längst die Reprisen. Alle Tore in Zeitlupe! In unserem Geistesleben geht es derzeit genauso: alles Gedachte noch einmal denken, diesmal aber ganz langsam. So können wir denn endlich alle Gießener Professoren und alle Hamburger Chefredakteure aus ihrem Grübeln reißen, indem wir ihnen mit einem einzigen Wort erklären, was die ominösen Phänomene »Zeitgeist« und »Postmoderne« wirklich sind: Wiederholungen. Daher der überwältigende Erfolg!
Das Buch des Jahres, übrigens, heißt »Die Wiederholung«, sein Autor Peter Handke. Mit freundlicher Genehmigung des Suhrkamp Verlags zitieren wir aus dem Klappentext: »Wiederholung ist kein Sichwiederholen, sondern ein Sich-Wieder-Holen, einen neuen Anfang machen; wiederholen heißt nicht Es war einmal, sondern Fang an.«
Womit wir dann aufhören könnten.

Benjamin Henrichs

Aus »DIE ZEIT«, 9.1.1987

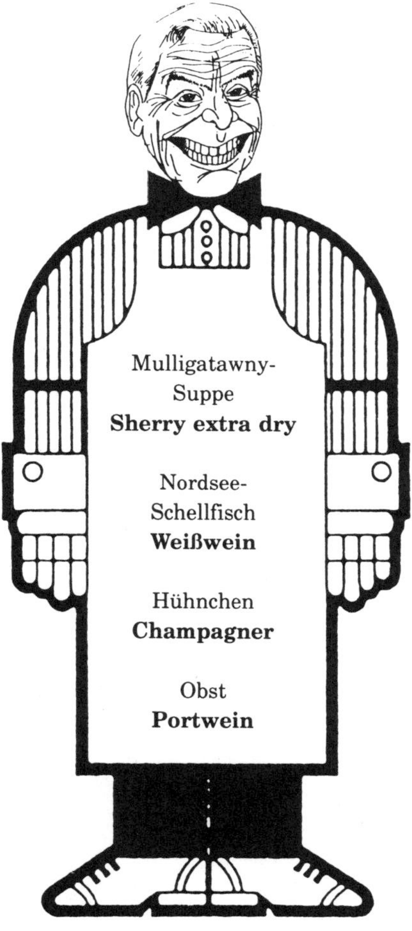

Mulligatawny-
Suppe
Sherry extra dry
Nordsee-
Schellfisch
Weißwein
Hühnchen
Champagner
Obst
Portwein

INHALT